DE LA EDICIÓN EN ESPAÑOL

geoPlaneta
©Editorial Planeta, S.A.
Av. Diagonal 662-664. 08034 Barcelona
viajeros@lonelyplanet.es
www.geoplaneta.com — www.lonelyplanet.es
Título original: Let's Explore... Jungle
1ª edición en español: octubre del 2016

©Traducción: Gemma Salvà, 2016

ISBN: 978-84-08-15981-0
Depósito legal: B. 10.800-2016
Impreso en Malasia - Printed in Malaysia

DE LA EDICIÓN EN INGLÉS

Lonely Planet Global Ltd, ABN 36 005 607 98390 Unit E, Digital Court, The Digital Hub, Rainsford Street, Dublín 8, Irlanda
(Oficinas también en Reino Unido y EE UU)
www.lonelyplanetkids.com - talk2us@lonelyplanet.com.au

© Lonely Planet Global Ltd, 2016

Agradecimientos

Director editorial	Piers Pickard
Editor	Tim Cook
Editor adjunto	Jen Feroze
Autor	Jen Feroze
Ilustradora	Pippa Curnick
Diseñadora	Hayley Warnham
Preimpresión	Larissa Frost, Nigel Longuet
Gracias a	Dr. Kim Bryan, Jennifer Dixon

Reservados todos los derechos. No se permite la reproducción total o parcial de este libro, ni su incorporación a un sistema informático, ni su transmisión en cualquier forma o por cualquier medio, sea este electrónico, mecánico, por fotocopia, por grabación u otros métodos, sin el permiso previo y por escrito del editor. La infracción de los derechos mencionados puede ser constitutiva de delito contra la propiedad intelectual (Art. 270 y siguientes del Código Penal).

Diríjase a CEDRO (Centro Español de Derechos Reprográficos) si necesita fotocopiar o escanear algún fragmento de esta obra. Puede contactar con CEDRO a través de la web www.conlicencia.com o por teléfono en el 91 702 19 70 / 93 272 04 47.

Lonely Planet y el logotipo de Lonely Planet son marcas registradas de Lonely Planet en la Oficina de Patentes y Marcas de EE UU y otros países. Lonely Planet no autoriza el uso de ninguna de sus marcas registradas a establecimientos comerciales tales como puntos de venta, hoteles o restaurantes. Por favor, informen de cualquier uso fraudulento a www.lonelyplanet.com/ip.

Aunque Lonely Planet, geoPlaneta y sus autores y traductores procuran que la información sea lo más precisa posible, no garantizan la exactitud de los contenidos de este libro, ni aceptan responsabilidad por pérdida, daño físico o contratiempo que pudiera sufrir cualquier persona que lo utilice.

MIXTO
Papel procedente de fuentes responsables
FSC® C021741

El papel utilizado para la impresión de este libro cumple con los estándares del Forest Stewardship Council®. FSC® promueve en todo el mundo una gestión de los bosques responsable con el medio ambiente, socialmente beneficiosa y económicamente viable.

¿Quieres vivir una aventura? Los exploradores Marco y Amelia van a adentrarse en la selva tropical ¡y están deseando que tú los acompañes!

Los exploradores deben estar preparados para todo. Lee esta lista y coloca en la siguiente página las pegatinas necesarias. Cuando hayas usado una, táchala de la lista.

LISTA PARA IR A LA SELVA

MARCO
- Camisa
- Pantalones largos
- Botas
- Mochila
- Cámara

AMELIA
- Camiseta de manga larga
- Pantalones largos
- Botas
- Antimosquitos

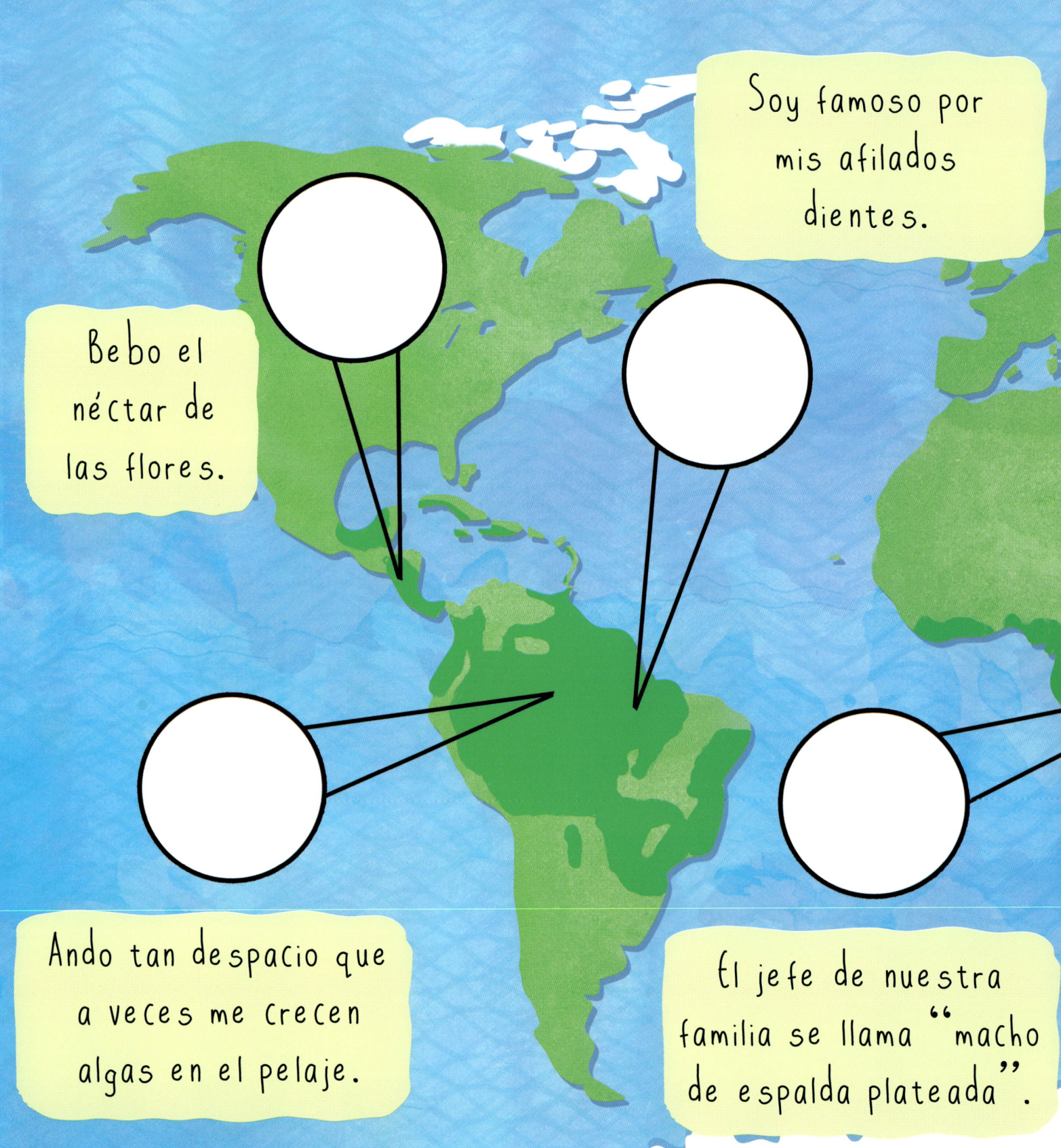

Utiliza las pegatinas del final del libro para situar cada animal en el lugar donde vive. Las siguientes frases te servirán de pista.

Vivo con mi madre hasta los siete años. Nos desplazamos saltando de un árbol a otro.

Mi rugido se escucha a más de 3 km de distancia.

Tengo una cola larga y peluda que agito como una bandera.

No puedo volar y pongo huevos verdes.

La isla de Madagascar está llena de plantas y animales maravillosos. ¡El 70% de las especies que viven en ella no se encuentran en ningún otro lugar del mundo! Observa esta selva e intenta encontrar los animales y plantas de la lista.

A ver si encuentras...

3 lémures

2 camaleones

1 diminuto tenrec

1 orquídea violeta

1 rana de color rojo

Marco y Amelia han ido a Ruanda en busca de gorilas de montaña. En lo alto del Parque Nacional de los Volcanes han encontrado a este grupo de gorilas, llamado manada. Utiliza las pegatinas para añadir más gorilas a esta manada.

Hoy Marco y Amelia han subido a lo más alto de la selva tropical: las copas de los árboles. En la parte superior de los árboles es donde viven más animales, como graciosos monos, preciosos pájaros y bonitas mariposas. Utiliza las pegatinas para añadir más animales a las copas de los árboles.

Nuestros dos exploradores han descubierto un tucán en lo alto de un árbol. A Marco le parece que este pájaro, de plumas negras y con un enorme pico amarillo, es muy divertido. Si quieres dibujar un tucán, sigue estas instrucciones.

1. Con un lápiz dibuja un círculo, que será la cabeza. Luego, dibuja un óvalo inclinado para el cuerpo.

2. Añade un triángulo curvado para dibujar el pico. Después, conecta la cabeza al cuerpo con dos líneas.

3. Añade las plumas de la cola y el ala, y las patas con unas líneas en zigzag. Traza una línea desde la cabeza hasta el centro del cuerpo.

4. Añade algunos detalles al pico y dibuja un ojo. Con un rotulador, traza el contorno y borra las líneas a lápiz.

En esta selva viven cientos de especies de mariposas. Algunas son muy hábiles a la hora de camuflarse para que nadie las descubra. Otras, en cambio, llaman la atención con sus enormes y coloridas alas. ¿Puedes emparejar todas estas mariposas?

Marco y Amelia están navegando por el inmenso río Amazonas. Tienen que estar atentos a muchos animales, pájaros y peces, como la resbaladiza anaconda verde: ¡la serpiente más grande del mundo! Utiliza las pegatinas para completar esta escena.

A los loros guacamayos de la selva tropical del Amazonas les encanta lamer la arcilla salada de esta roca, porque contiene nutrientes muy importantes para su alimentación.

¿Puedes encontrar ocho diferencias entre estas dos ilustraciones de loros?

Marco quiere cruzar este río con Amelia, una bolsa de golosinas para el campamento y un mono que ahora es su amigo. Pero... en la barca solo caben Marco y otra cosa, así que deberá hacer varios viajes. No puede dejar a Amelia sola con el mono, porque le da un poco de miedo. Y no puede dejar al mono solo con las golosinas, ¡porque se las zamparía!
¿Qué debe hacer para llevarlos al otro lado del río?

Estos diminutos colibríes baten las alas unas 70 veces por segundo cuando vuelan de flor en flor en busca de néctar. Píntalos con rotuladores de alegres colores.

L_CH_Z_ TR_PIC_L

API

R_N_ DE OJ_S R_JO_

Por la noche, cuando los animales nocturnos se despiertan, la selva se llena de graznidos, chillidos, rugidos y silbidos. Amelia y Marco están dando un paseo nocturno. Si completas las siguientes palabras, sabrás qué animales han visto.

O_ _LO_E

AR_ _DI_LO

TA_ _N_ULA

Los tigres de Bengala viven en los bosques de Asia. Son depredadores feroces y muy poco comunes. Se cree que solo quedan unos 2000 ejemplares. Utiliza unos rotuladores para pintar cada número con el color indicado en la clave del recuadro. ¡Verás como los animales y las plantas cobran vida!

En las selvas del sureste asiático hay insectos muy venenosos de todas las formas y tamaños: gigantescas tarántulas azules, sanguijuelas que chupan la sangre, milpiés con cientos de patas... Utiliza las pegatinas para añadir más bichitos trepadores.

Las termitas son diminutas, pero construyen unos enormes y fantásticos montículos de tierra con complejas redes de túneles y cámaras. ¿Puedes ayudar a la pequeña termita roja a encontrar el camino para llegar hasta las deliciosas hojas verdes?

Las plantas carnívoras atraen a los insectos con un olor dulce. Estos se deslizan por el interior de la planta y se ahogan en un charco, convirtiéndose así en ¡sopa de insectos!

Estas plantas se llaman maracas. Pueden utilizarse para tratar quemaduras.

Algunas orquídeas gigantes pesan más de 1 tonelada y tienen ¡más de 10 000 flores!

Aunque la rafflesia tiene una flor gigantesca, es famosa porque huele a carne podrida. ¡Puaj!

Las selvas tropicales de todo el mundo albergan unas plantas increíbles. Utiliza unos rotuladores para dibujar plantas y flores fantásticas, olorosas o aterradoras.

La preciosa flor del hibisco a veces recibe el nombre de "flor del zapato" porque ¡se utiliza como betún!

Las selvas tropicales están llenas de cosas impresionantes, pero también muy peligrosas. Intenta emparejar cada uno de estos mortíferos animales con la frase que le corresponde.

A.

1. Muerdo a mis presas y me bebo su sangre.

2. Utilizo mis afiladas garras para atrapar y llevarme a los monos y loros que están en los árboles.

B.

C.

3. Aunque soy muy pequeño, ¡con mi veneno puedo matar a 10 personas!

4. Mi picadura es una de las más dolorosas del mundo y puede durar 24 horas.

D.

E.

5. Vivo en los ríos y aturdo a mis presas con una descarga eléctrica.

6. Cazo solo y me gusta comer monos, ciervos y peces. Con mis mandíbulas puedo triturar huesos.

F.

G.

7. Me alimento de peces, pero si estoy muy hambriento, ¡quizá te dé un mordisco a ti!

8. Mis mandíbulas son elásticas, por eso me trago a mis presas sin masticar, aunque sean enormes.

H.

La selva tropical de Daintree, en Australia, es la más antigua del mundo. En ella habitan unas grandes aves, los casuarios. Caminan entre los árboles en busca de frutas que hayan caído al suelo. Añade más casuarios y frutas con las que puedan alimentarse.

Aunque las selvas tropicales estén lejos, son muy importantes en tu vida diaria. Echa un vistazo a la bolsa de la compra de Amelia y verás cuántas cosas proceden de las selvas que hay en el mundo. Coloréalas con tus rotuladores.

¿Te apetece una taza de té? Las hojas de té se cultivan en regiones tropicales de todo el mundo.

El chocolate se hace con los granos del árbol del cacao.

El dentífrico contiene aceite de una planta tropical para que al cepillarte los dientes haga espuma.

Los granos de pimienta negra son las bayas de una planta tropical.

Muchos champús se fabrican con frutas y plantas tropicales, como nueces de Brasil y frutas de la pasión.

Este animal de la selva tropical es famoso por ser muy leeento. Vive en los árboles y pasa mucho tiempo durmiendo. Une los puntos para saber cuál es.

Es hora de acampar para pasar la noche. Dormir en una hamaca no será lo más cómodo del mundo, pero en ella estarás a salvo de los insectos que viven en el suelo de la selva. Utiliza las pegatinas para terminar el campamento de Marco y Amelia.

¡Ahora vamos a entregar los Premios de la Selva! Estos animales no son los más grandes ni los más rápidos, pero llaman la atención por otras cualidades. Vamos a ver quiénes son los ganadores...

CASI INVISIBLE

La rana de cristal tiene la tripa transparente. Por eso es difícil descubrirla entre las hojas.

El lagarto basilisco puede caminar sobre dos patas y, gracias a sus largos dedos, ¡puede correr sobre el agua sin hundirse! ¡Toma ya!

CAMPEÓN SOBRE EL AGUA

LA MEJOR ESPALDA

La musaraña acorazada vive en África. Tiene una columna vertebral tan resistente que una persona adulta puede ponerse de pie sobre su espalda sin causarle daño.

El ave del paraíso azul tiene una curiosa manera de impresionar a las damas: ¡se cuelga de una rama cabeza abajo y agita sus brillantes plumas azules!

EL MEJOR BAILARÍN

EL DEDO MÁS HÁBIL

El tímido aye-aye tiene un dedo muy largo para llegar al interior de los troncos y conseguir gusanos para comer.

Las hormigas podadoras trabajan en equipo para llevar trocitos de hojas a su colonia. Con ellas cultivan hongos, que luego les sirven de alimento.

EL MEJOR EQUIPO

¿Puedes encontrar estos animales de la selva ocultos en la sopa de letras?

GUACAMAYO

PEREZOSO

TUCÁN

```
A Z L E E N A C A M A W
D H P I A Ñ A R I P E
N J P F M T X O N A C G
O V O E N U Q M T Y W U
C U T T R L E M U R A A
A S A U T E O S L W X C
N W T C E M Z W A R Y A
A H E A A U O O I C K M
C T P N I W S K S A L A
E O R A G R C H O O L Y
L N A T U G N A R O C O
P I R A B V W E O P Y S
```

PIRAÑA

ORANGUTÁN

ANACONDA

LÉMUR

Marco y Amelia se lo han pasado en grande en las selvas tropicales, pero ahora deben irse para explorar otros lugares. ¿Compartirás con ellos su próxima aventura?

Respuestas

Comprueba todas las respuestas aquí... pero ¡no se vale hacer trampa!

Mapa del mundo

Madagascar

Serpientes ocultas

Hay ocho serpientes

Parejas de mariposas

Busca las diferencias

Cruzar el río

Marco cruza el río con el mono y lo deja en la otra orilla. Vuelve y cruza con la bolsa de golosinas. Regresa de nuevo llevándose al mono consigo. Ahora se lleva a Amelia y la deja en la otra orilla. Finalmente, regresa para recoger al mono. Así, todos han podido cruzar el río.

Animales

~ Ocelote
~ Rana de ojos rojos
~ Tarántula
~ Lechuza tropical
~ Tapir
~ Armadillo

Laberinto

Animales más mortíferos

1. C   5. H
2. D   6. A
3. B   7. E
4. F   8. G

Unir los puntos

Sopa de letras

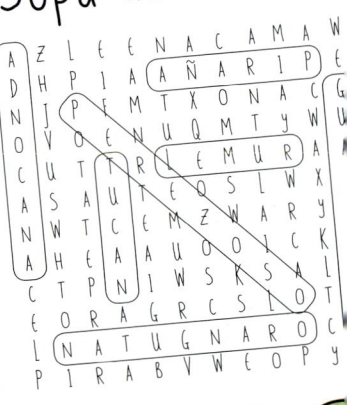

Para el mapa del mundo

Para los gorilas de montaña

Para las copas de los árboles

Para navegar por el Amazonas

Para la selva tropical de Daintree

Para el campamento